# 아이돌

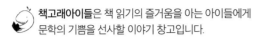

**책고래아이들**은 책 읽기의 즐거움을 아는 아이들에게
문학의 기쁨을 선사할 이야기 창고입니다.

책고래아이들
# 아이돌

2025년 1월 30일 초판 1쇄 발행

**동시** 기옥경 **그림** 이윤정 **편집** 김인섭 **디자인** 김헌기
**펴낸이** 우현옥 **펴낸곳** 책고래 **등록 번호** 제2015-000156호
**주소** 서울특별시 서초구 강남대로12길 23-4, 301호(양재동, 동방빌딩)
**대표전화** 02-6083-9232(관리부) 02-6083-9234(편집부)
**홈페이지** www.dreamingkite.com / www.bookgorae.com
**전자우편** dk@dreamingkite.com
**ISBN** 979-11-6502-206-8 73810

ⓒ 기옥경, 이윤정 2025년

• 이 책은 (재)전라북도특별자치도문화관광재단 **JCT** 전북특별자치도문화관광재단 Jeonbuk Art, Culture & Tourism
  2024년 지역문화예술육성지원사업에 선정되어 보조금을 지원받아 발간하였습니다.

# 아이돌

기옥경 동시집 이윤정 그림

책고래

# 차례

## 시인의 말

'펫 로스 증후군'을 이겨내기 위해 죽은 반려견 '티코'를 복제했다는 한 사람의 이야기가 이 동시집의 시작이었습니다. 주인의 의도대로 설계된 강아지의 삶이 과연 행복할까라는 의문이 들었죠. 세계 최초의 복제동물이자, 한순간도 주체적으로 살지 못한 '복제 양 돌리'의 '나는 누구일까요?'라는 질문도 동시를 쓰는 내내 툭툭 떠올랐어요. '티코'와 '돌리'의 눈빛에서는 똑같이 머리를 깎고 나란히 서 있는 잔디들처럼 답답한 일상을 견디고 있는 아이들이 보였거든요. 'Ctrl C + Ctrl V'는 '복사하여 붙여 넣기'라는 컴퓨터 단축키예요.

원본과 똑같은 것을 만들어 내는 능력이 있죠. 이 단축키만 있으면 무한 복사가 가능해요.

그런데, 사람의 마음도 똑같이 복사할 수 있을까요?

같은 '상실'의 마음이라도 그 무게와 깊이는 모두 다를 거예요. 마음은 복사하여 붙여 넣을 수 없으니 내가 가진 마음을 기준으로 추측할 뿐이지요.

〈아이돌〉의 '매미군'도 우리 눈엔 다 똑같아 보이지만, 고치 안에서 저마다 인고의 과정이 있지 않았을까요? 우리가 알지 못하는 고치 안 세상이 궁금하지 않으세요?

동시집 《아이돌》에서는 보이는 모습 뒤의 그림자 세상에 대하여 말하고 싶었어요.

볼 순 없지만 존재하는 것들에 대한 이야기, 보이는 모습 뒤의 이야기, 보기를 외면하는 사람들의 이야기, 목소리가 점점 희미해져 가는 아이들의 이야기를 통해 그림자의 존재를 알리고 싶었습니다. 오디션 프로그램의 마지막 승자는 자기 색깔로 노래하잖아요. 그들처럼 어린이들이 자신만의 목소리를 당당하게 내었으면 좋겠습니다. 조금은 삐뚤어지고, 거칠고, 상처가 난 목소리여도 괜찮아요. 제발 자기의 목소리를 잃지 않았으면 해요.

이 동시를 어른들이 읽는다면 어린이들의 언어가 조금은 낯설어도 기다려 주셨으면 해요.

새로운 장르를 개척 중이니 음 이탈이 나기도 하고 박자도 엉망일 거예요. 그래도 우리 잔디밭으로 밀어 넣지 말고 조금만 더 기다려 볼까요?

'동시' 말문을 틔워 주신 박예분 선생님, 곁에서 힘이 되어 준 글벗들, 사랑하는 가족들 모두 고맙습니다.

2025년 1월
기옥경

제1부. 아이돌

# 놈놈놈

치사한 놈
냄새로 유인할 땐 언제고
파리채처럼 손을 흔든다

쩨쩨한 놈
내가 먹으면 얼마나 먹는다고
피 한 방울도 안 준다

참을성 없는 놈
눈 깜짝할 사이에 끝날 텐데
그걸 못 참는다

딸깍!

-엄마! 모기!

쳇! 일단 후퇴
이이이이이이이잉--

# 널 사랑하지 않아

깜깜한 밤
눈을 감으면 너의 소리가 들려
머리끝까지 이불을 끌어올려도
네 모습이 눈앞에 아른거려
양손으로 귀를 막아도
네 소리를 막을 수가 없어

우린 피를 나눈 진한 사이
어떻게 내가 널 잊을 수가 있겠어
이리저리 뒤척이다
불을 켜고야 말았지
네 소리를 따라
네 흔적을 찾아
구석구석 온 방 안을 헤매고 다녔어

네가 남긴 이마의 붉은 자국
손톱 끝으로 십자가를 그리며 맹세했지
이젠 널 다시 찾지 않을 거야


널 사랑하지 않아
제발 날 떠나 줘

## 여름을 타고

수박이 온다
물광 피부 뽐내고
O라인 몸매를 자랑하며
노래한다.

– 왔어요, 왔어요, 수박이 왔어요.
　　한 통에 만 원!

유치원 버스 기다리는 103호 아줌마
반려견 산책시키는 801호 할아버지
생수 배달하는 편의점 아저씨
먼지 털어 내는 세탁소 할머니까지

12

11

1

빙 둘러서서
한 조각씩 베어 무는
오후 네 시

10

2

9

3

쩌억 벌어진 빠알간
수박에
시원한 웃음이 걸렸다

8

4

7

5

6

# 아이돌

어둡고 축축한 지하 연습실
7년을 버텨 낸 연습생

여름,
무대에 오르던 날

나뭇가지 끝에 매달려
무대 의상으로 갈아입어요

절대음감을 뽐내는
매미군의 라이브 공연

맴
   맴 맴 맴 맴

    맴
맴   맴 맴 맴

맴

맴 맴　　맴 맴


　　　　맴

맴 맴 맴　　맴


　　　　맴

맴 맴 맴 맴


공연이 끝날까 봐

사인 받으러 달려가면


뚝,


초록 인파 속으로

숨어 버려요

# 선풍기 행동 강령

첫째, 한쪽 방향으로만 돈다
날개 부딪치지 않게

둘째, 일정한 소리를 낸다
사람들 깨지 않게

셋째, 그물망으로 방어한다
아기들 손가락 다치지 않게

넷째, 에어컨에게 도움을 구한다
찜통더위에 쓰러지지 않게

다섯째, 반드시 살아남는다
무더위가 줄행랑칠 때까지

# 셀프 계산대

바구니를 든 사람들이
바코드 공격을 시작한다

삐~~
아무리 소리쳐도
아무도 대답이 없다

삐~~
계산이 끝날 때까지
난 포로 신세

탈출하려는 순간
카드 공격이 날아온다

훗!
멋지게 입으로 받아
뭿!

2차 방어
성공이다

# 복수

백설 공주가 먹다 버린 독 사과

핸드폰 뒤에 숨어

기회를 엿본다

# 회오리 낙엽

가을 한정 특판


사람들이 줄을 서서 기다려요
가을 휴게소에서만 볼 수 있어요


초록을 잃은 낙엽들을
뾰족한 막대기에 한 장 한 장 꽂아


치이이이익
가을볕에 튀기면


바삭바삭바사삭
낙엽이 맛있게 익어 가요

가을이 회오리쳐요

# 악보

높은음자리와 낮은음자리가

땅따먹기 한 판 벌였다

소문난 잔치에 콩나물만 가득

# 가을 판매 중

올해는
가을을 두 달만 팔아요
11월은 겨울이 먼저 사 갔거든요


9월엔
아침, 저녁만 배달해요
가을도 점심은 먹어야죠
귀뚜라미 소리는 선착순 사은품이에요


10월엔
온종일 가을 배송이 가능해요
잠자리 공연과 코스모스 연주는
주문한 모두에게 무료로 드려요

내년엔 한 달만 팔지도 몰라요
지구 창고에 여름이 쌓였거든요
예약이 꽉 찬 겨울도 한창 준비 중이고요

점점
가을을 살 수 없을지도 몰라요
정말 그럴 수 있다니깐요

가을, 지금 사세요!

# 얼굴

거울로만 볼 수 있어요

왼쪽 오른쪽 바뀌어도

속는 줄 몰라요

# 매직아이

나는 눈사람


사람들은 자기들이 눈을 굴려
날 만든다고 생각하는데
그건 뭘 몰라서 하는 말이야
굴리기 전에도 이미 나였어


뻥치지 말라고?


생각해 봐
만약 하늘에서
커다란 덩어리 두 개가 딱 붙어서
내려온다고 생각해 봐 얼마나 무섭겠어

나뭇가지는 툭툭 부러지고
자동차의 지붕은 찌그러지고
사람들은 이리저리 도망칠 거야

그래서 두 개의 몸통을
서로 살살 문질러 가루로 만들어
조용히 내려오는 거야

그럼 내가 만든 눈길을 따라
사람들이 서로 눈길을 나누며 말해
-와. 눈이다

# 결혼식

배추 군과
고춧가루 양이
결혼식을 시작해요

웃다가 웃다가 쭈글쭈글해진 배추 군은
수줍다 수줍어 빨개진 고춧가루 양의
손을 잡고 입장해요

찹쌀풀로 물든 결혼식장엔
당근, 무, 대파, 마늘, 생강, 갓
모두모두 축하 박수를 보내요

새우젓의 주례가 끝나고
참깨 폭죽 터지면
김치통으로 신혼여행 떠나요

# 봄날 레시피

개굴,
주문 벨이 울리면
봄 요리가 시작된다

달콤한 봄볕 가루 살살
매콤한 꽃샘추위 한 꼬집
시원한 봄비 한 국자
꽃봉오리 웃음소리 듬뿍

봄바람이 뜸을 들이면
달달한 봄
완성!

# 하늘 세차장

구름 나라에 땟국물 줄줄 흐르는
먹구름 손님 찾아오면
바람 직원 코를 막고 번개 단추 누른다

천둥 알림음에 깜짝 놀란
태풍 샤워기 물 폭탄 쏟아 낸다

쏴 쏴 쏴 쏴
아 쏴 아 쏴 아 쏴 아
쏴 아 쏴 아 쏴 아 쏴
아 쏴 아 쏴 아 쏴 아
　아　아　아

고장 난 하늘 세차장
멈출 줄 모르는데

태양 건조기 휴가 가고 없다

# 제 2부. 멍때리기 대회

# 만보기

입에 만보기를 단 우리 엄마
아침마다 만보를 달린다

빨리일어나라밥먹고양치했냐숙제했냐준비물챙
겼냐알림장챙겼냐신발주머니돌리지말아라신발
구겨신지말아라손톱물어뜯지말아라우산챙겨라
탄산조금만마셔라게임좀그만해라빨리학교가라
초록불확인하고건너라친구랑싸우지말아라급식
시간에장난치지말아라교실에선뛰지말아라가방
던지지말아라선생님말씀잘들어라방과후끝나면
바로돌봄교실로가라

침 튀기며 달리는 만보기

할머니 돋보기가 지긋이 바라본다

# 오늘의 잔소리
# 25

소비 칼로리
**173**kcal

달성 포인트 30

| | |
|---|---|
| 이번주 잔소리 | 95 |
| 적립된 잔소리 | 6,890 |

# 공작새 엄마

공개수업 날 아침
엄마의 변신이 시작된다

눈썹 위에 더 기다란 눈썹 붙이고
입술 위에 더 진한 립스틱 바르고
알록달록 화려한 치마를 펼쳐 입고

공작새처럼
발바닥 앞부리만 땅에 붙이고 걷는다

드르르르르륵

우리 엄마를 삼켜 버린
공작새 한 마리
양쪽 날개를 펴고 내게 다가온다

-한솔아!

공작새 때문에
공개수업 망했다

# 엄마 손맛

현장체험학습 가는 날
가방 속 도시락들
서로 뽐내며 따라나선다

주근깨 김밥
배불뚝이 유부초밥
납작 엎드린 돈가스
허벅지 근육 자랑하는 치킨

도시락 속에 숨겨 둔
엄마의 정성이
냄새를 타고 가방을 연다

문을 연 도시락
학교 앞 분식집 메뉴랑 똑같다

엄마가 모두 같다

# 멍때리기 대회

아무리 때려도
맞는 사람 없고 다치는 사람 없다

가장 오래 때릴 줄 아는
사람에게 일등상도 준다

아무 말 않고
아무 생각도 않고
가만히만 있으면 된다

실력이 늘어 가는 우리 할머니
아무도 없을 때 한숨과 함께
가슴을 치며 연습을 한다

연습이 끝나면 멍하니 하늘만 본다
할머니 가슴에 멍을 남긴다
가끔 눈물도 흘린다

우승하려고 맹연습 중인 걸까
이 구역 진정한 고수
우리 할머니

# 우리 집 편의점

보글달콤 엄마 편의점
백종원 아저씨도 못 따라와요

뚝딱뚝딱 아빠 편의점
로봇도 깜짝 놀랄걸요

척척박사 언니 편의점
AI가 울고 가요

포근따끈 할머니 편의점
하늘나라에 2호점을 열어요

# 입양

몽돌이가 하늘나라로 떠났어요

눈물 한 방울 안 나와요

몽돌이가 내 마음 입양했나 봐요

# 우리 형

대왕 딱지 하나 들고
당당하게 놀이터로 달린다

친구들 꼬마 딱지
몽땅 뒤집는 우리 형

울고 있는 친구 쳐다보지도 못하고
안절부절 신발만 보는 우리 형
쫀드기 심장이 되어 눈을 굴린다

-몇 개 다시 돌려줄게, 골라 봐

## 팔레트

어제는
뜨거운 주황 바라보는 해바라기

그제는
검정을 좋아하는 별똥별

빨강 시험지 당당하게
흔드는 우리 형

-엄마!
지난번 시험보다 10점이나 올랐어요

오늘은,
당당한 빨강이다

# 딱지

어젯밤부터
콧구멍에 붙어 있던 코딱지
새끼손가락으로 딱딱 파서
동생 옷자락에
딱지

그냥 딱지

아무것도 모르는 내 동생
나만 졸졸 따라다니는 내 동생

딱~~
지금처럼

내 옆에 붙어 있어라

# 황소 주먹밥

황소보다 힘센 내 동생
주먹을 휘두르며


다
가
온
다


으악!
난 황소의 밥이 되었다

## to. 미워 사랑하는 언니에게

아무리 내가 힘이 세다고 해도 그렇지
날 '황소 주먹밥'이라고 놀려도 되는 거야?
왜 동생을 놀려서 울게 만드냐고!!

학교에선 반장이라며 친구들 고민 다 들어주고
학원에선 레벨테스트도 제일 먼저 통과하면서
나보다 여덟 살이나 많은 주제에
동생을 어떻게 대해야 하는지는 왜 몰라?

그리고 왜 자꾸만 나를 보고 웃으면서 장난치는데
난 하나도 안 웃기다고!
왜 자꾸 내 마음을 피해받게 만드냐고!!

그럼 나도 이젠 용서하지 않아

더 이상 언니라고 안 부르고 반말 쓸 거야

그만큼 지금 내가 너무너무 속상하고 짜증 나고

말도 하기 싫다는 것만 알아 둬


from. 속상한 동생이

## 몰래 온 손님

쉿!
비밀이에요
밤 12시에 찾아갈게요
문을 두 번 두드리면 나오세요

꼭!
아이가 잠든 걸 확인하세요
아이 방문은 닫아야 해요
소리는 우리도 어쩔 수 없어요

바사삭!
다리-날개-가슴 순서예요.
아이가 깨기 전에 얼른 먹어요
맛있게 먹으면 0칼로리래요

앗!
주의사항을 잊었군요
몸무게는 절대 재지 마세요
깜짝 놀랄 거예요

철컥!


-엄마, 꿈속에서 치킨 냄새가 나


그냥 같이 먹어요

## 와이파이

why와 $\pi$*가 만나 지은 집
지붕만 보여도
사람들이 몰려와

우리 집 파이가 맛있다고 소문이 났나 봐
안 되겠어
비밀번호 걸어야겠다

* $\pi$ : 원주율을 나타내는 기호

## 믿거나 말거나

이집트에서 온 이모티콘
모든 말을 그림으로 해
티비에서 봤는데
콘크리트처럼 분위기가 딱딱해질 때

사람들이 이모티콘을 쓴대

고대에서 온 고모티콘
모든 말을 몸짓으로 해
티비에서 봤는데
콘서트장처럼 시끄러운 곳에서는

사람들이 고모티콘을 쓴대

정말이냐고?

믿거나 말거나

# 마음게이션

너를 처음 본 날
-마음 입구를 통과하였습니다

네가 내게 웃어 준 날
-다음 안내까지 직진입니다

너와 다툰 날
-경로를 재탐색 중입니다

너에게 사과한 날
-새로운 경로로 이동 중입니다

너와 화해한 날
-목적지에 도착하였습니다.

# 반사

-너처럼,
 못생기고 답답하고 바보 같은 애랑은 안 놀아

 -응, 반사

# 대학생이나 되어서

대학생 형들이
지나가다 툭 뱉는 말

-아무것도 안하고 싶다
-과제 날로 먹고 싶다

아무것도 안하면서

날 것으로 먹으면
배탈 날 텐데

대학생이나 되어서
그것도 모른다

# 잔디숲

비밀이 쌓여 가는
학교 운동장 잔디숲

혜선이 단짝 이수의 혼잣말
-나도 찬영이를 좋아해

인수의 배고픈 이야기
-오늘도 굶기 싫은데

시연이의 눈물 삼킨 말
-친구가 있었으면 좋겠어

아무도 듣지 못하는 이야기
잔디가 꼭꼭 숨겨 둔 이야기

모두 떠난 까만 밤
잔디숲 가만히 속삭인다


-언제나 난 여기 있을게

# 낚시꾼 선생님

아무것도 안 하는 선생님
받아쓰기도
교과서도
숙제도 없다

우리만 빤히 쳐다보는 선생님
귀는 쫑긋쫑긋
손도 바쁘다

웃으며 우리 이야기 듣던 선생님
가만히 기다리다가
재민이의 용돈 이야기 낚았다

-이번 시간은 화폐와 경제에 대해서 알아봅시다

아,
낚였다!

# 생일

알람이 운다
내 마음도 운다


지각이다 오늘도


심장이 춤춘다
하얘진 머릿속
두 다리만 힘없이 달린다


닫힌 교문 앞에서
다시 알람이 운다
우우우우웅 우우우우웅


'개교기념일'이라고?

내 생일보다 더 기쁘다

집으로 되돌아가는 길


학교야,

내 생일도 너 가져라!

# 붓

넘 처음 본 날
돌처럼 딱딱한 널 보고 당황스러웠어
부드럽고 매끈한 모습을 상상했거든
난 어떻게 해야 할지 몰랐지만
이대로 돌아갈 순 없었지

침착하게 엄지와 검지에 힘을 주고
네 몸의 아래부터 위까지 꾹꾹 눌러 주었어
굳어진 네 몸이 풀리길 바라며
간절한 마음으로

얼마나 시간이 흘렀을까
물에 젖은 머리카락이 서서히 마르듯
네 몸의 한 가닥 한 가닥이 살아나기 시작했어
한 가닥에 붙어 있는 한 숨이 내게 말했지

-물……

조심스럽게 네게 물을 주었어
물이 닿자 몸을 움찔하더니
끝에서부터 천천히 물을 삼킨
너의 가닥가닥이 하나가 되기 시작했지

하나가 된 네가 검은 땀을 뚝뚝 흘렸어
검은 땀으로 만든 구름은 먹구름밖에 안 되는 걸까
빨갛게 부푼 풍선도, 노랗게 열린 참외도 모두
그림자를 뒤집어쓴 것 같아

## 좋은데, 싫어

시험 끝났다!

나는 끝났다.

좋은데, 싫어

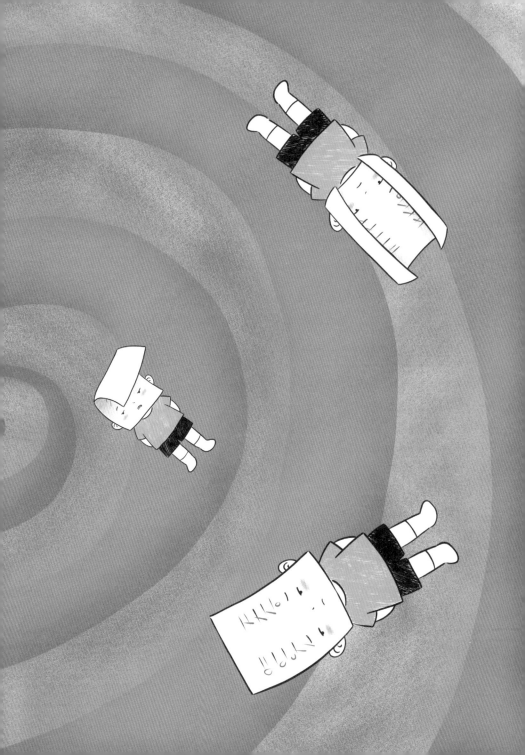

# 충전 중

처음엔 그냥 걸었어
바람이 불어서 시원했고
적당한 햇볕에 살짝 왼쪽 눈도 감아 보았지
그때 뒤에서 소리가 들리는 거야
높지도 낮지도 않은, 크지도 작지도 않은
딱 듣기에 적당한 네 목소리가
순간, 내 심장에 마이크가 붙은 줄 알았어
소리가 어찌나 크던지 잠깐 숨을 멈췄지
네 목소리가 안 들릴까 봐
내 심장 소리가 너무 클까 봐
난 크게 심호흡을 하며 걸었어
네 발자국 소리인지
내 심장 소리인지 알 수 없지만
점점 더 소리가 무겁고 크게 다가왔어

난 절대절대 뒤는 돌아보지 않고
앞만 보고 걸었어
난 정말 너한테 관심 없다니까
그때, 슬며시 다가온 네가 내 손을 잡고 말했지
"어디 아파? 얼굴이 빨개"

나는 지금 고속 충전 중

# 네 잎 클로버

풀잎 속에 잠든 네 잎 클로버
새벽이슬 머금고

날개 펼 때
내 눈에 쏘옥 들어왔다

힘내라고 한 잎
울지 말라고 두 잎
아프지 말라고 세 잎
꼭 기억하라고 네 잎

내 마음 담아

보고 싶은 너에게

행복 전송 중

# 다이빙

내려갈 땐 아찔

올라올 땐 어질

너만 보면 움찔

# 야모둠 모여라

야밤의 분수쇼
야밤의 야시장
야밤의 별마당


야~ 분수쇼, 멋지다
야~ 야시장, 맛있다
야~ 별마당, 빛난다


아~ 아이스크림, 시원하다


야!
'아' 는 빠져
여긴 야모둠이다.

아!
미안, 나 먼저 갈게

# 첫눈

소리 없이 다가와
어깨 위에 내려앉은 너

너를 녹여 나를 다독이고
흔적도 없이 사라져
볼 수도, 만질 수도 없는 너를

꽃이 피면 다가오려나
바람 불면 돌아보려나
낙엽 지면 다시 오려나

기다리고 기다려

다시 만나도
또 사라질까 봐
조마조마하지만

그래도 널 기다리고 기다려

제 4부. Ctrl C + Ctrl V

## 공짜

'공' 자로 시작하는

공기
공원
공중 화장실

공짜라고 잘만 쓴다

공감도 공짜인데
쓰는 사람 별로 없다

共感 공감
共感 공감 共感 공감
공감 共感 공감 共感
공감 共感 共感

공감

# Ctrl C + Ctrl V*

나는 특별하게 태어났어요


아빠가 없는 나를,
세 명의 엄마가 있던 나를,
'복제 양 돌리*'라고 불러요
그게 내 이름이래요


1번 엄마는 나랑 같아요
생김새, 피부색, 눈동자 색까지도요
모두 우릴 보고 쌍둥이래요


2번 엄마는 나에게 모든 걸 주었어요
엄마의 전부를요
날 위해 그렇게 한 거래요


* Ctrl C + Ctrl V : 컴퓨터 단축키 (복사하기 + 붙이기)
* 복제 양 돌리 : 세계 최초 체세포 동물 복제로 태어난 양

3번 엄마는 날 키워 주셨어요
항상 따뜻하고 편안한 방에서요
세상에 나오기 전까지는요

돌리 돌리 돌리 돌리 돌리 돌리 돌리 돌리 돌리 돌리
돌리 돌리 돌리 돌리 돌리 돌리 돌리 돌리 돌리
돌리 돌리 돌리 돌리 돌리 돌리 돌리 돌리
돌리 돌리 돌리 돌리 돌리 돌리 돌리
돌리 돌리 돌리 돌리 돌리 돌리
돌리 돌리 돌리 돌리 돌리
돌리 돌리 돌리 돌리
돌리 돌리 돌리
돌리 돌리
돌리
다 똑같은 이름

나는 누구일까요?

Ctrl+Z*

급식 시간 밥 위의 완두콩
수업 시작 종소리
Ctrl+X*

졸다가 엉뚱하게 대답한 나
단톡방에 잘못 보낸 이모티콘
Ctrl+X

헛발질로 노골이 되었던 일
달리기하다 놓쳐 버린 바통
Ctrl+X

.

.

.

졸업하기 전 날로
Ctrl+Z

* Ctrl+Z : 컴퓨터 단축키의 기능 중 되돌아가기
* Ctrl+X : 컴퓨터 단축키의 기능 중 복사 후 제거하기

# 빗금 세상

나는 모든 게 기울어져 있어

기울어진 건 이상한 게 아니야
고개만 돌리면 다른 세상을 볼 수 있지

달리다 숨이 찰 땐
과속방지턱을 넘듯 천천히 가

학교 앞 안전지대에선
잠시 쉴 수도 있어

쉬는 게 지겨워지면
딱! 딱! 슬레이트를 쳐

나만의 영화가 시작되고
사람들이 내 이야기에 집중하거든

이젠 네 차례야
너의 빗금 세상은 어떠니?

# 거꾸로 나라

거꾸로 서서 다니는 연필
거꾸로 보면 1/3을 손해 보는 9
땅으로 한 방울씩 내려오는 고드름은
사라지는 자기 몸이 슬프지 않대


거꾸로 나라에선 슬픈 게 기쁜 거거든


그곳에서 온 나는
좋아하는 친구에게 '메롱'
무너진 블록을 보고 눈물 대신 '히히'
엄마에게 소리 지르고 모른 척 '딴청'


그럴 땐 화내지 말고 내게 물어봐
-너희 나라에선 화났니?

# 정전

깜깜한 밤

침대에서 일어나 앞으로 세 걸음
줄넘기 손잡이보다 날씬한, 양 끝이 볼록한,
손잡이를 내려 방문이 열리면
양팔을 휘저어 식탁 의자를 찾아요
손끝으로 의자의 테두리를 따라가다
둥그런 식탁에 엉덩이 붙이고 게처럼 걸어요
집게발이 된 양손을 쭉 뻗어
거실장의 뾰족한 모서리를 찾다가
손끝이 찌릿하면 오른쪽으로 몸을 돌려
일곱 걸음 옮기면 폭신한 소파가 나오죠
여기서부턴 소리에 집중해야 해요
화장실까지 가는 열네 걸음 동안
환풍기 소리가 점점 커져야 하거든요

소리가 작아지면 거실로 되돌아가는 길이에요
줄넘기 손잡이보다 늘씬한, 양끝이 볼록한,
손잡이를 내려 화장실문이 열리면
한 발을 길게 뻗어 변기를 찾아요
화장실 문은 꼭 열어 놔야 해요
문이 닫히면 나는 얼음이 되거든요
겨우 익숙해진 어둠보다 더 깜깜한 어둠이 오니까요

처음 빛을 잃었을 때처럼

# 삼각형의 비밀

내겐 사람들이 모르는 비밀 업무가 있어
남을 속이거나 잘못된 행동을 하면
뾰족한 모서리로 공격하는 일이지
아이들은 한 번의 공격으로도 내 말을 아주 잘 들어
하지만, 아주 고약하고 구린내가 나는 사람들도 있어
그들을 상대할 땐 내게도 많은 인내심이 필요해
내 모서리가 무뎌져도 공격을 멈추지 않아
나도 한다면 하는 성격이거든
그런데도 끝까지 날 모른 척하면,
내 몸이 닳고 닳아 동그라미가 되는 날
그 사람들에게 별명을 붙여 줘


'양심 없는 사람'

# 숨구멍

꽁꽁 언 낚시터에
작은 의자 하나 들고 앉았다

꽝꽝 언 얼음판 위
작은 동그라미 하나

숭어에게 내 준 숨구멍
둘만 아는 비밀 통로

나는 반가워 입을 뻥긋
숭어도 좋아서 꼬리 살랑

# 진실게임

한겨울
시린 손 녹이는
뜨거운 노래
호오~~

추운 밤
뜨거운 국물 식히는
차가운 노래
호오~~

입 하나에
온도가 다른
두 소리
호오~~

# 걱정인형

움직이는 사람들의

움직이는 걱정을

움직이지 못하게 가둔다

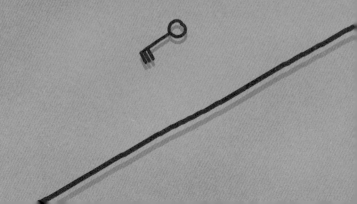

# 입속 전쟁

깜깜한 동굴 속
맞춤 갑옷 영구치로 갈아입는다

입속은 전쟁터
적들의 공격이 시작됐다

치킨 화살 슈우웅
과자 총알 탕탕
피자 폭탄 펑

챙챙- 파사삭- 쩍-
씹기 작전 성공!

씨이~익 웃을 때
컴컴한 동굴 속에 반짝이는
금빛 훈장

나만의 비밀 병기다

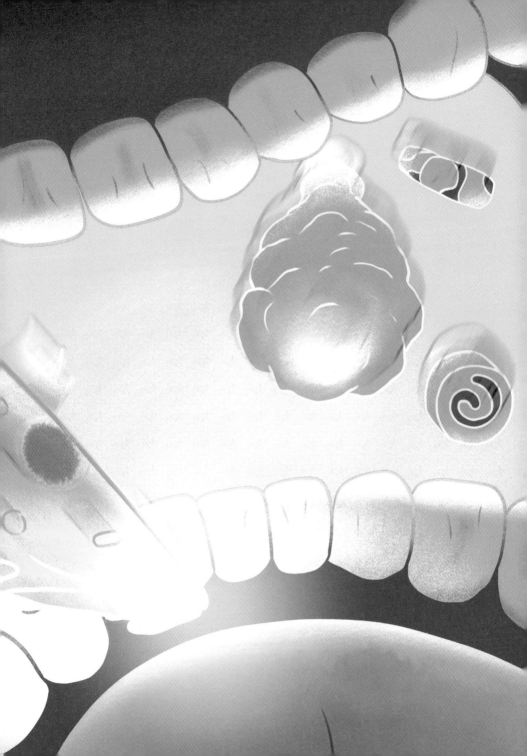

# 붕어빵

첫눈 오는 날

붕어가 알몸으로 떨고 있다

꾹 다문 입

커다란 눈으로 보내는 SOS

춥지 않게 얼른 봉투에 담아

품에 꼬오옥 안았다

다행이다

뜨끈뜨끈 숨 쉬고 있다

# 본다

아기는 입으로 보고
아이는 자기 눈으로 본다
어른은 남의 눈으로 보고
노인은 돋보기 너머로 본다

세상을 다르게 본다

# 《아이돌》을 먼저 읽은 어린이들의 이야기

　〈놈놈놈〉과 〈널 사랑하지 않아〉는 모기의 시점과 사람의 시점을 번갈아서 표현한 것이 독특하고 재미있었다. 먼저 〈놈놈놈〉은 '모기'의 입장에서 자기를 약 올리고 엄마에게 달려가서 고자질하는 '사람'이 내 동생 같다. 내 동생도 꼭 나랑 놀다 불리해지면 엄마에게 달려가서 고자질하기 때문이다. 〈널 사랑하지 않아〉는 '사람'의 입장에서 절대 사랑할 수 없는 '모기'를 잘 표현한 것 같다. 모기 물린 자국을 손톱으로 꾹꾹 눌러 십자가를 그려 간지럽지 않게 했던 기억이 떠올랐다.

　동시 〈만보기〉는 엄마가 나에게 하는 잔소리가 생각난다. 특히 우리 엄마의 아침 잔소리는 거의 래퍼 수준이다. 정말 숨 안 쉬고 백 마디도 넘게 하는 것 같다. 그런 엄마의 잔소리하는 내용을 한 글자도 띄어 쓰지 않고 붙여 써서 그걸 숨 안 쉬고 따라 읽으려다 숨이 막혀 죽는 줄 알았다. 역시 우리 엄마는 대단하다.

최혜빈(4학년)

기옥경 시인님의 동시는 이해하기 쉬운 단어들로 되어 있다. 그래서 편하게 읽었다. 그래서일까? 동시집 《아이돌》은 'Ctrl C + Ctrl V' 주문이 걸린 것처럼 2번, 3번 읽어도 질리지 않고 빨리 읽어지고, 다시 또다시 읽게 된다.

〈Ctrl C + Ctrl V〉라는 동시를 읽기 전에는 '복제 양 돌리'를 몰랐는데 인터넷을 찾아본 후 알게 되었다. 복제 양 한 마리를 만들기 위해서 277마리의 양이 희생된다는 사실에 불쌍하기도 했고 무섭기도 했다. 지금은 사람도 복제할 수 있을 만큼 기술이 발달했다고 한다. 나도 모르는 곳에서 나랑 똑같이 생긴 사람이 돌아다닌다면 기분이 이상할 것 같다.

동시 〈얼굴〉을 읽으면서 아침마다 엘리베이터에서 거울을 보던 내가 생각이 났다. 자주 보면서 거울 속의 나랑 무척 친해졌다. 내 머리모양도 봐 주고, 입속도 봐 주고, 뭐 묻은 것 있나 잘 챙겨 주었는데, 헐… 이런 날 속이고 있었군. 앞으론 조심해야겠다는 생각이 들면서 어쩌면 내가 모르는 사이에 많은 것들에게 속고 있지는 않은지 이 시를 읽으면서 생각해 보게 되었다. 동시집 《아이돌》 안에 감춰 둔 시인의 진짜 이야기를 하나하나 숨은 그림 찾기를 하듯 한 편 한 편 천천히 읽어 보기를 추천한다.

문강민(5학년)

동시집 《아이돌》에서 〈네 잎 클로버〉, 〈삼각형의 비밀〉, 〈빗금 세상〉을 골랐어. 제목만 봤을 때 별거 아니라고 생각했지만 속은 아니더라. 왜냐고? 지금부터 얘기해 줄게.

〈네 잎 클로버〉 - 우리는 항상 네 잎 클로버를 찾아다녀. 우리가 공부하는 중에도, 살아가는 중에도. 근데 정작 네 잎 클로버를 찾느라 세 잎 클로버를 밟고 있지. 꼭 네 잎 클로버만 완전한 것 같아서. 하지만 네 잎의 행운만큼 우리에겐 세 잎의 행복도 중요하지 않을까? 난 이 시를 읽는 너희들이 네 잎이 되어 가는 한 장, 한 장의 의미를 잊지 않았으면 좋겠어. 왜냐하면 난 완성된 네 잎보다 그 과정의 소중함을 시인이 말하고 있다고 생각하거든. 〈네 잎 클로버〉 시를 보면 클로버 한 장마다 모두 시인이 마음을 꾹꾹 눌러 담아서 누군가에게 보내는 것 같아. 그래서 난 이 시도, 이 시를 쓴 시인도 마음에 들어.

〈삼각형의 비밀〉 - '삼각형 양심'은 인디언들이 양심을 삼각형에 비유한 전설에서 나온 말이래. 사람은 처음 태어났을 때는 모두에게 삼각형 양심이 있었대. 그런데 시간이 갈수록 닳아 없어진다고 해. 난 이 시를 읽고 난 다음부터 나의 삼각형은 과연 어떤 모습으로 되어 있을까 궁금해지기 시작했어. 시인이 말한 것처럼 모서리가 다 닳아 동그라미가 되기 전에 사람들이 자신의 삼각형 양심을 잃지 않았으면 해. 너의 삼각형은 어떤 모양일 것 같아?

〈빗금 세상〉 – 우린 세상을 보고 싶은 대로 봐. 어떨 땐 예쁘게, 또 어떨 땐 삐뚤어지게 보지. 하지만 그 속을 자세히 들여다보면 조금 다를 뿐 이상하거나 잘못된 것은 아니라는 것을 시인은 말하고 있는 것 같아. 오징어 게임도 아닌데 모두가 다 똑같은 옷을 입고 똑같은 규칙 안에서 살 필요는 없지 않을까?

한채율(6학년)

다른 친구들보다 먼저 동시집 《아이돌》을 볼 수 있다고 하여서 매우 설레는 마음으로 동시집을 천천히 읽어 보았다.

〈아이돌〉에서는 나는 이 동시가 꿈을 향해 가는 사람의 이야기라고 느꼈다. 이 시는 꿈을 포기하지 않고 노력하면 그 결과가 어떤 것인가에 대해 말하는 것 같다. 나는 '어둡고 축축한 지하 연습실에서 7년을 버텨 낸 연습생'이라는 부분이 가장 안타까우면서도 공감이 되었다. 그리고 '맴맴맴맴맴'을 절대음감으로 표현한 부분이 무척 재미있었다. 시를 읽고 다른 친구들과 절대음감 놀이를 해 보는 것도 재미있을 것 같다.

동시 〈입양〉은 나의 경험과 비교해 읽었다. 5살인가 6살 때쯤 키우던 금붕어가 죽어 하늘나라로 보내 줬다. 나는 〈입양〉을 읽고 그때의 기억이 떠올라 살짝 마음이 슬펐다. 그리고 몽돌이가 시인의 마음을 입양했다는 말이 슬프게 느껴졌다. 이 시의 주인공도 얼마나 슬펐을까? 너무 슬퍼서 자기의 마음을 어떻게 할 수 없어서 몽돌이가 시인의 마음을 입양했다고 표현한 것만 같아서 눈물이 났다.

정예영(3학년)

동시집 《아이돌》에서 내가 고른 세 편은 〈반사〉, 〈입양〉, 〈좋은데, 싫어〉이다.

〈반사〉

이 시는 읽는 순간 웃음이 '쿡' 하고 튀어나왔다. 교실에 가면 꼭 있는 장난스러운 친구와 하는 대화랑 똑같았다. 친구가 하는 말을 반박하고 싶을 때 하는 가장 짧은 말이 '반사'였다. 이 말은 가장 짧은 시간에 친구를 할 말 없게 만드는 말이기도 하고, 대답하기 곤란한 질문에 나를 보호하기 위해 던지는 말이기도 하다.

〈입양〉

시에서 몽돌이가 하늘나라로 떠났을 때와 같이 나도 햄스터를 보낸 적이 있었다. 슬퍼서 눈물조차 안 났던 순간이 공감이 된다. 그런 시인의 마음을 아마도 '입양'이라는 단어로 표현한 것이 아닐까 해서 마음이 아팠다.

〈좋은데, 싫어〉

내가 시험이 끝나고 드는 마음과 같아서 놀랐다. 긴장되던 시험이 끝났으니까 좋긴 한데 어딘가 찜찜한 느낌이 드는 것은 나만 그런 게 아닌 것 같다. 아마도 시험을 보는 모든 사람들이 다 느끼는 감정일지도 모르겠다.

노을아(6학년)